GUÍA DE LECTURA

Escrita por Vincent Jooris
Traducida por Marta Sánchez Hidalgo

La educación sentimental

de Gustave Flaubert

Entiende fácilmente la literatura con

FLAUBERT

ESCRITOR FRANCÉS

- **Nacido en 1821 en Ruan (Francia)**
- **Fallecido en 1880 cerca de Ruan (Francia)**
- **Algunas de sus obras:**
  - *Salambó* (1862), novela
  - *La educación sentimental* (1869), novela
  - *Bouvard y Pécuchet* (1881), novela inacabada

Gustave Flaubert nace en 1821 en Ruan. Apasionado de la escritura, descubre muy pronto su vocación literaria. En 1841, acude a París para empezar sus estudios de derecho, que abandona poco tiempo después. El autor se instala en Croisset, a orillas del Sena, y frecuenta las sociedades literarias de la época. Se relaciona, entre otros, con Charles Baudelaire (poeta francés, 1821-1867), Ivan Turguenev (escritor ruso, 1818-1883), George Sand (mujer de letras francesa, 1804-1876) y Guy de Maupassant (escritor francés, 1850-1863), para quien será un modelo a seguir. Es un perfeccionista enfermizo, defiende una literatura reflexiva y sueña con escribir «un libro sobre nada». Su obra, que también se distingue por la profundidad del estudio psicológico de los personajes, adelanta las numerosas evoluciones que conocerá la novela en el siglo XX. Flaubert muere en 1880, dejando tras de sí múltiples novelas inacabadas y una abundante correspondencia.

LA EDUCACIÓN SENTIMENTAL

DESCRIBIR LA MEDIOCRIDAD

- **Género:** novela
- **Edición de referencia:** Flaubert, Gustave. 2005. *La educación sentimental*. Traducido y editado por Germán Palacios. Madrid: Cátedra
- **Primera edición:** 1869
- **Temáticas:** amor, iniciación, desilusión, Francia, revolución, idealismo, fracaso

Flaubert escribe esta novela de septiembre de 1864 a mayo de 1869. Después de dudar entre varios títulos, elige por omisión el de un escrito de su juventud, *La educación sentimental*, al que añade el subtítulo: *Historia de un joven*.

Al publicarla, la acogida de la crítica es glacial; Barbey d'Aurevilli (escritor francés, 1808-1889) se muestra incluso agresivo. Únicamente George Sand (mujer de letras francesa, 1804-1876) defiende la novela. Habrá que esperar a autores como Émile Zola (escritor francés, 1840-1902) o Marcel Proust (escritor francés, 1871-1922), y a críticos como Thibaudet (crítico literario francés, 1874-1936), para recuperar el prestigio de Flaubert en las letras francesas.

Inspirada parcialmente en episodios de la vida privada de Flaubert, esta obra describe la incapacidad de un joven para amar y hacerse un hueco en la sociedad.

RESUMEN

PRIMERA PARTE

Capítulo 1

1840. Frédéric Moreau se inscribe en la facultad de derecho de París. Antes de que el curso empiece, va a casa de su madre en Nogent. En el trayecto en barco, conoce al señor Arnoux y a su mujer, de la que se enamora al instante.

Capítulo 2

Frédéric se encuentra con Deslauriers, un antiguo compañero del colegio. Imaginan su futuro con entusiasmo.

Capítulo 3

1841. Frédéric estudia en París y sueña con la señora Arnoux. Intenta ponerse en contacto con los Dambreuse, burgueses mundanos, en vano. El joven frecuenta otros estudiantes, Martinon y el señor de Cisy, pero se aburre.

Capítulo 4

En unas manifestaciones estudiantiles, Frédéric conoce a Hussonnet y a Dussardier. Por mediación de Hussonnet, que trabaja para *L'Art industriel*, un periódico dirigido por Jacques Arnoux, Frédéric consigue volver a ver a la señora Arnoux. También conoce a Regimbart y a Pellerin.

Capítulo 5

1842-1843. La idea de conquistar a la señora Arnoux

obsesiona a Frédéric. Suspende los exámenes. Junto a Deslauriers, se cruza con Jacques Arnoux en compañía de una de sus posibles amantes, la Vatnaz. Una vez que vuelve al trabajo, Frédéric aprueba sus exámenes. Pero cuando se entera de que su fortuna está perdida, el joven se resigna a volver a vivir fuera de la capital.

Capítulo 6

1843-1846. En Nogent, Frédéric encuentra un empleo y conoce a Louise Roque. Una herencia providencial le deja una renta inesperada. Abandona entonces a Louise, conmocionada, y vuelve a París.

SEGUNDA PARTE

Capítulo 1

1845. En París, Frédéric busca a Jacques Arnoux, pero no lo encuentra. Le dicen que se ha mudado y que trabaja en el comercio de loza. Al volver a ver a la señora Arnoux, después de tres años de ausencia, el joven la encuentra cambiada; ha tenido un niño. Pero su atracción hacia ella persiste. En cuanto a Deslauriers, ha abandonado sus estudios y manifiesta inclinaciones socialistas; además, planea fundar un periódico militante. Arnoux lleva a Frédéric a un baile de disfraces donde le presenta a una de sus amantes, Rosanette.

Capítulo 2

1846-1847. Los Dambreuse reciben a Frédéric. Además se entera de las dificultades financieras de Jacques Arnoux y le habla de ellas a la esposa de este, que le pide al joven que cuide de su marido. Sin embargo, éste engaña a su mujer con Rosanette, a la que mantiene. El propio Frédéric no esconde su interés por la cortesana. Entonces pasa el tiempo entre la casa de los Arnoux, la vivienda de Rosanette y el salón de los Dambreuse.

Capítulo 3

1847. Por un lado, Frédéric escucha las quejas de la señora Arnoux sobre sus problemas de pareja y no osa declarar su amor a la que hace de él su confidente. Por otro lado, el joven sigue siendo amigo de Jacques Arnoux. Entonces intenta ayudarle económicamente, es decir, prestándole el dinero que había prometido al periódico Deslauriers. Pero Jacques Arnoux no se lo devuelve, y cuando Deslauriers reclama su dinero, Frédéric finge haberlo perdido apostando: la amistad de los dos hombres se rompe. Como Frédéric pierde toda esperanza de una relación con la señora Arnoux, se fija en Rosanette.

Capítulo 4

Frédéric acompaña a Rosanette en sus actividades de cortesana. Su rivalidad con Cisy, otra de sus amantes, desemboca en un duelo durante el cual Cisy se desmaya de miedo. En casa de los Dambreuse, Frédéric se desacredita por una defensa contra el orden establecido. El joven vuelve a Nogent.

Capítulo 5

A punto de casarse con Louise Roque, Frédéric recibe cartas (del señor Dambreuse, de Rosanette y de Deslauriers) que le hacen tener ganas de volver a la capital. El joven abandona de nuevo a Louise, con la excusa de tener asuntos que arreglar en París.

Capítulo 6

Fin de 1847. La vida política está en plena ebullición. Frédéric le revela al final parte de sus sentimientos a la señora Arnoux, pero su relación permanece platónica. El joven le pide un encuentro íntimo que ella acepta. Sin embargo, ella no puede acudir a la cita ya que su hijo está enfermo. Cuando el pequeño se recupera, la madre se jura no volver a entregarse al adulterio. Por despecho, Frédéric se convierte en el amante de Rosanette.

TERCERA PARTE

Capítulo 1

En febrero de 1848, la revolución estalla. Se forma un Gobierno provisional. Cuando se prevén elecciones legislativas, el señor Dambreuse propone a Frédéric presentarse en la circunspección de Nogent. Asustado por las ideas antiburguesas del joven, Dambreuse se presenta en su lugar y lo excluye. A continuación, Frédéric también es excluido de un congreso de la oposición política de pequeña envergadura. Rosanette le reprocha sus veleidades revolucionarias. El joven lleva a su compañera un tiempo a Fontainebleau y se fija en sus defectos. Cuando vuelven a París en junio de 1848, los reaccionarios han vencido en las luchas políticas.

Capítulo 2

Durante una cena en casa de los Dambreuse, Frédéric se enfrenta a Louise Roque, a su padre y a los Arnoux. Louise se entera de la relación de Frédéric con Rosanette. Cuando el joven va a casa de Rosanette, Louise lo aborda y le pide matrimonio, pero él no quiere saber nada. En plena noche, Louise acude a la vivienda de su amado, pero el conserje le niega la entrada.

Capítulo 3

1849-1850. Frédéric, que no llega a reconquistar a la señora Arnoux y cansado de Rosanette, que está embarazada, seduce a la señora Dambreuse, que se convierte en su nueva amante, con la esperanza de que le sirva en su ascenso social.

Capítulo 4

1851. La señora Dambreuse, ya viuda, le pide matrimonio a Frédéric. Él acepta, pero sigue su relación con Rosanette, que acaba de dar a luz. Promete amor eterno a las dos mujeres. El recién nacido muere súbitamente.

Nos enteramos de que la sobrina de la señora Dambreuse, Cécile, era en realidad su hija ilegítima. Por ello, la herencia del banquero se le escapa de las manos a la señora Dambreuse.

Capítulo 5

Cuando se entera de la ruina absoluta de los Arnoux, Frédéric quiere ayudarles, pero estos ya se han ido de París.

Los bienes de la pareja se ponen en venta. Frédéric rompe a la vez con la señora Dambreuse y con Rosanette. Espera encontrar a Louise Roque, pero Deslauriers se casa con ésta. Mientras tanto, se produce el golpe de Estado de Napoleón.

Capítulo 6

Casi 18 años más tarde (1867), Frédéric y la señora Arnoux se vuelven a ver. Después de rememorar sus recuerdos sentimentales comunes, se despiden para siempre.

Capítulo 7

1867. Frédéric y Deslauriers se encuentran. Se reconcilian y se dan cuenta de que no han conseguido sus ambiciones de juventud. En adelante viven su existencia como pequeños burgueses solitarios.

ESTUDIO DE LOS PERSONAJES

FRÉDÉRIC MOREAU

Frédéric, protagonista de la novela, tiene 18 años cuando comienza la historia y 47 cuando termina. Su padre ha muerto en un duelo y su madre tiene muchas esperanzas en él. Frédéric es un joven romántico, pero veleidoso, procrastinador y despilfarrador. Empieza la carrera de derecho, pero no la acaba.

Su ruina (al final de la primera parte) es un momento clave: podría haber sido la oportunidad de Frédéric para fijarse un verdadero objetivo personal. Sin embargo, la herencia repentina que le cae en suerte lo anima a perseverar en sus defectos: seguirá huyendo de sus responsabilidades.

El gran amor de su vida será la señora Arnoux, a pesar de las amantes que tendrá tras ella (como Rosanette y la señora Dambreuse):

> «Trató gente, y tuvo otros amores todavía. Pero el recuerdo continuo del primero se los hacía insípidos; y además la vehemencia del deseo, la flor misma de la sensación se había perdido» (tercera parte, Flaubert 2005, cap. VI, 507).

Es un pequeño burgués ocioso que vive de sus rentas hasta el último capítulo incluido.

MARIE ARNOUX

La esposa de Jacques Arnoux tiene diez años más que Frédéric. La historia la muestra de sus 28 a sus 57 años. Tiene dos hijos, una niña y un niño. Al principio de su matrimonio es una rica burguesa, pero luego sufre los desengaños financieros de su marido. Después de vivir en París, se hospeda en Auteuil antes de refugiarse en Bretaña, y luego enviuda.

Frédéric se la encuentra por primera vez en el barco que le lleva a Nogent, el Ville de Montereau. Se prenda enseguida de ella. Sin embargo, una relación amorosa entre Frédéric y Marie parece imposible. Se puede explicar mediante diferentes elementos:

- Frédéric idealiza mucho a Marie. La pone en un pedestal, hace de ella un icono, un ser abstracto, demasiado sublime como para ser alcanzada:

  > «Fue como una aparición:
  > Estaba sentada en el centro del banco, completamente sola; o al menos él no vio a nadie más, con el deslumbramiento que le produjeron sus ojos» (primera parte, Flaubert 2005, cap. I, 64-65).
  > «Se parecía a las mujeres de los libros románticos. Él no hubiera querido añadir ni quitar nada a su persona. El universo, de pronto, acababa de ensancharse. Ella era el punto luminoso donde convergía todo» (primera parte, Flaubert 2005, cap. I, 69).

- El aura maternal que rodea a señora Arnoux paraliza al joven, atrapado en una especie de complejo de Edipo hacia una mujer mayor que él. Este bloqueo perdura hasta su última cita:

> «Sin embargo, sentía algo inefable, una repulsa y como el terror de un incesto. Otro temor le detuvo, el de sentir hastío después. ¡Además, qué problemas se le plantearían!, y a la vez por prudencia y para no degradar su ideal, dio media vuelta y se puso a hacer un cigarrillo» (tercera parte, Flaubert 2005, cap. VI, 511).

- Además, es su papel de madre el que impide a la señora Arnoux acudir a la cita de la calle Tronchet: debe cuidar de su hijo Eugène, que está muy enfermo.
- Marie Arnoux solo aspira a la calma, a la tranquilidad, a una vida apacible. Conoce perfectamente la infidelidad de su marido, pero sigue siendo una esposa fiel. El amor que concederá finalmente a Frédéric no será más que un cariño nostálgico.

Según la crítica flaubertiana, el personaje de Marie Arnoux se inspiraría directamente en Élisa Schlesinger, a la que Flaubert, cuando todavía era estudiante de derecho, había conocido en 1836 en una playa de Trouville.

ROSANETTE

Al principio, esta cortesana es una de las amantes de Jacques Arnoux, antes de ser la de Frédéric. Éste último sabe que tiene otros amantes (como el vizconde de Cisy). Sin embargo, Rosanette es para él una válvula de escape que le permite olvidarse de su desilusión con la señora Arnoux e incluso vengarse de ella.

No obstante, la presencia de Rosanette es cada vez más insistente en la vida de Frédéric: sueña con una vida burguesa con él. Tiene incluso un hijo suyo, pero no sobrevivirá. La pareja se mantiene durante un tiempo, pero Frédéric quiere deshacerse de la que es un vano sustito de la señora Arnoux. Para romper con ella, el joven se sirve de las imprudencias cometidas por la joven, celosa de Marie Arnoux.

DESLAURIERS

Deslauriers y Frédéric Moreau se conocen desde el colegio. Al principio de la historia, Deslauriers es, de algún modo, el alter ego de Frédéric: los dos alimentan sueños de gloria.

Este personaje quiere «un periódico donde pudiera explayarse, vengarse, escupir su bilis y sus ideas» (segunda parte, Flaubert 2005, cap. II, 223). Debido a un malentendido que complica el proyecto, la amistad entre Deslauriers y Frédéric se rompe. Los dos amigos se convierten en enemigos. Deslauriers influye de forma negativa en los amigos de Frédéric: aconseja a Rosanette que intente un juicio contra Jacques Arnoux e incita a la señora Dambreuse a vender el mobiliario de los Arnoux. Además, se casa con Louise Roque, la única mujer que quería realmente a Frédéric. Sin embargo, Moreau y Deslauriers se reencuentran al final de la novela.

Se dan cuenta de sus respectivos fracasos: Frédéric está solo y Louise ha abandonado a Deslauriers, que es un simple empleado.

LOS DAMBREUSE

El señor Dambreuse es un banquero, además de un parlamentario astuto y oportunista. Frédéric, al que le fascina el lujo en el que vive la pareja, se propone conquistar a la señora Dambreuse, aunque no le atrae particularmente: cree que tiene «una frescura sin brillo, como la de una fruta en conserva» (segunda parte, Flaubert 2005, cap. II, 198). La victoria parece fácil, pero Frédéric se da cuenta con el tiempo de que la señora Dambreuse se dejó seducir por aburrimiento. Cuando enviuda, le pide matrimonio a Frédéric. No recibe la herencia de su marido porque se la ha dejado a su sobrina (que en realidad es su hija biológica).

CLAVES DE LECTURA

UN JOVEN ESTÁTICO

A priori, el nombre de la obra parece que designa una novela de aprendizaje, pero no lo es. De hecho, en *La educación sentimental* el protagonista no evoluciona. Frédéric Moreau ni siquiera es un héroe. Es cierto que es un idealista, pero ser un idealista no impide fijarse objetivos personales y entregarse a un objetivo definido, más bien lo contrario. Sin embargo, la vida de Frédéric, lejos de ser una trayectoria firme y lineal, solo es un aburrido y repetitivo rosario de actos fallidos.

> «E hicieron un resumen de sus vidas.
> Ambos habían fracasado, el que había soñado con el amor, y el que había soñado con el poder. ¿Cuál era la razón de este fracaso?
> —Quizás el no haberse trazado una línea recta —dijo Frédéric» (tercera parte, Flaubert 2005, cap. VII, 514).

Este personaje contrasta con los individuos obstinados creados por Stendhal (escritor francés, 1783-1842), Balzac (escritor francés, 1799-1850) o Hugo (escritor francés, 1802-1885): aunque estos fracasen, al menos han intentado algo. Rehén de la inacción, Frédéric es la despreocupación y la inercia en persona. Nunca toma la iniciativa y no se anticipa nunca a los acontecimientos, sino que se deja llevar por ellos. Hay dos hipótesis que pueden explicarlo:

- o bien es un romántico caricaturesco que nunca está en el presente, que sueña más con su vida que con vivirla y que disfruta de su imaginación sin traducirla en actos;

- o bien es un cobarde que, ante la extensión de lo posible, no se atreve a hacer ningún acto decisivo. Fanático de la pureza y de la perfección, teme equivocarse y tomar malas decisiones. La idea de la decepción le aterroriza y cualquier esfuerzo le repugna. Ante la duda, siempre se abstiene.

En fin, Frédéric camina lento o se atasca constantemente. No pasa nada sorprendente ni importante entre el principio y el final del relato. No hay una intriga propiamente dicha.

LOS FRACASOS DE FRÉDÉRIC

Esta lógica de fracaso domina todas las partes de la vida del joven: amor, convicciones y comportamiento. Frédéric da vueltas en un callejón sin salida, se estanca.

Un amor mudo

Frédéric resulta incapaz de expresar sus sentimientos a Marie Arnoux. Siempre pospone su declaración:

> «Desde la mañana, buscaba la ocasión de declararse; era el momento. Por otra parte, el movimiento espontáneo de Mme. Arnoux le parecía encerrar promesas [...]. Pero, cuando se encontró sentado al lado de ella, comenzaron sus apuros; no sabía por dónde empezar» (segunda parte, Flaubert 2005, cap. III, 272).

Por más que el joven se promete pasar a la acción, sus tentativas siempre fracasan. ¿No se siente a la altura? ¿O es que la idea del amor le seduce más que su propia realización? Observemos al menos que este estado de cosas estimula su imaginación:

> «[…] Soñaba con la felicidad de vivir con ella, tutearla, acariciarle los bandós… o permanecer de rodillas con los brazos rodeándole la cintura, bebiéndole el alma en sus ojos. Para ello, habría que cambiar el destino, e, incapaz de actuar, maldiciendo a Dios y acusándole de su cobardía, se volvía en su deseo como un preso en su celda» (primera parte, Flaubert 2005, cap. V, 134).

Probablemente mide también las diferencias que les separan y tropieza con las posibles desilusiones que ocurrirían en su relación.

Sea como fuere, Frédéric conjuga constantemente su amor en condicional. Esta procrastinación engendra a la fuerza las frustraciones devastadoras de una pasión insatisfecha. Como es incapaz de poseer a la única mujer a la que ama, se vuelve hacia sustitutas: Rosanette y la señora Dambreuse, sin olvidar a Louise Roque.

Finalmente, en el último encuentro entre Frédéric y su amada, la procrastinación enfermiza se ve sustituida por una melancolía nostálgica. Frédéric nunca habrá sabido vivir su amor en el presente. De hecho, en su última cita, los dos personajes hablan en futuro anterior: «No importa, podremos decir que nos hemos querido mucho» (tercera parte, Flaubert 2005, cap. VI, 509).

El último capítulo nos revela otro episodio anterior a toda la trama: de adolescentes, Frédéric y Deslauriers no se habían atrevido a entrar en un burdel y habían acabado por huir. En cierto modo, este acto fallido era premonitorio…

Incapaz de escribir

Frédéric es un gran lector y quiere escribir, pero no llega a controlar su imaginación y nunca logra terminar lo que compone: *Silvio, le fils du pêcheur* (Silvio, el hijo del pescador) y une *Histoire de la Reinaissance* (Historia del Renacimiento). Compra también unos aparejos de pintura que no usará.

Un ignorante de la política

El joven, que se consideraba ambicioso, asiste a los acontecimientos tumultuosos de su época como espectador, como si no le concerniera. No aprovecha las circunstancias para manifestarse, no aprovecha la oportunidad de brillar. No entiende nada de los asuntos públicos y las revueltas de 1848 lo dejan perplejo: «Frédéric no entendía nada de tanto rencor y tanta tontería» (tercera parte, Flaubert 2005, cap. V, 505). A pesar de un renovado interés temporal por la política, Frédéric se verá excluido de la misma por el señor Dambreuse.

Un héroe fracasado

El duelo que tendrá lugar entre Frédéric y Cisy será la oportunidad para que el primero demuestre su honor. Sin embargo, este duelo se interrumpe de forma ridícula: antes del combate, Cisy se desvanece.

UNA GENERACIÓN DE PERDEDORES

Flaubert, al que le fascina la mediocridad, no solo presenta a un joven sin talento, sino a toda una generación de *béjaunes* (jóvenes tontos e inexpertos). Figuras pálidas que son espejos de la idiotez de Frédéric:

- Deslauriers, el camarada arribista que lo único que hace es imitar los deseos de su alter ego y que, al igual que este, no hace más que fracasar;
- Jacques Arnoux, un hombre grosero y hedonista, cuyos fracasos marcan la trama del principio al final de la novela;
- Pellerin, un artista fracasado incapaz de crear (no llega a pintar el retrato del hijo de Rosanette) que se contenta con imitar a los grandes artistas, supuestamente para descubrir los secretos de la estética, y que acaba siendo fotógrafo;
- Sénécal, un individuo doctrinario que trabaja como policía para saciar su deseo de dominación;
- Dussardier, un revolucionario entusiasta asesinado por su viejo amigo Sénécal.

El único que triunfa es Martinon, puesto que se casa con la sobrina rica de Dambresuse y se convierte en senador.

Algunos ven en estos personajes pequeños burgueses el producto de una sociedad de la que no se pueden liberar aunque quisieran: en esa época revolucionaria, las promesas del cambio social tropiezan inevitablemente con el conservadurismo de la generación. Los personajes en escena forman parte de una generación que se debate entre el idealismo, la pusilanimidad y la desilusión.

UNA ESCRITURA COMO REFLEJO DE SU OBJETO

El autor reconoce tener predilección por los personajes pasivos, y su forma de escribir le va bien: Flaubert es un escritor que se toma tiempo; escribe y describe la lentitud tanto de los movimientos como de los espíritus. Sea intencional o intuitiva, la escritura es el reflejo de su objetivo:

- el narrador interviene poco, no guía el relato. No se ve que nadie lleve las riendas de la historia (porque, además, no hay trama). En cambio, todo se muestra; de esta forma, las escenas son las propias pruebas de sí mismas;
- abundan las descripciones. Para demostrar la pasividad de Frédéric, Flaubert otorga una gran importancia a las descripciones: su abundancia y la multiplicidad de detalles anodinos son necesarios para entender el inmovilismo del joven. En cierto modo, Flaubert «da relieve al vacío». La imposición de estas descripciones explica el fracaso de la obra en el momento de su publicación: el público de entonces no podía admitir que la acción y los personajes no ocuparan un lugar principal en una novela. Además, el narrador no emite ningún comentario mientras las escenas se desarrollan. Pero estas descripciones no son objetivas ni impersonales. A lo largo de la novela, el lector atento puede detectar la elección flaubertiana del uso de ciertas palabras por encima de otras, indicios de una invitación del autor a que el lector tome distancia

y juzgue por sí mismo lo que tiene ante los ojos: la ironía puede eclipsar las propias descripciones. Cabe destacar que algunos comentaristas de la obra piensan que estas descripciones largas son inherentes al joven. Frédéric, incapaz de distinguir lo esencial de lo accesorio, señala todo lo que observa, incluso los hechos menores;

- la propia sintaxis da sensación de languidez. Por un lado, los numerosos adverbios y participios presentes anulan cualquier acción. Por otro, Flaubert hace todo lo posible para alargar el ritmo de las frases: suelen ser ralentizadas mediante comas y/o alargadas con yuxtaposiciones y coordinaciones. Los resúmenes son muy escasos y siempre se precisan las transiciones temporales («dos meses después», «cinco meses más tarde»).

PISTAS PARA LA REFLEXIÓN

ALGUNAS PREGUNTAS PARA PROFUNDIZAR EN SU REFLEXIÓN...

- Señale las idas y venidas que hace Frédéric entre Nogent y París. ¿Qué ponen en evidencia estos trayectos?
- ¿Por qué cree que Flaubert introduce el personaje de Deslauriers? ¿Cuál es su utilidad?
- Compare las dos parejas de amigos: Frédéric-Deslauriers y Dussardier-Sénécal.
- ¿En qué aspecto el personaje de Martinon, *a priori* anodino, se opone a Frédéric Moreau en todos los aspectos?
- Los acontecimientos históricos (motines, sucesivos cambios políticos, golpe de Estado) acompañan a la trama principal, pero sin influir en ella. ¿En qué aspecto estos hechos de la «gran historia» se hacen eco simbólico en la «pequeña historia»? Establezca vínculos entre episodios de una y de la otra.
- Compare la vida de Frédéric y la biografía de Flaubert. ¿Tienen puntos en común?
- Infórmese sobre *Madame Bovary* y *Bouvard y Pécuchet*. Compare los protagonistas de estas novelas con Frédéric Moreau. ¿Tienen puntos en común? ¿A qué tipo de individuos le gusta a Flaubert representar?
- Explique en qué aspecto se oponen los temperamentos de los siguientes personajes: Frédéric Moreau, Julien Sorel (*El rojo y el negro* de Stendhal) y Rastignac (*Papá Goriot* de Balzac).
- ¿Cómo habría podido ser la vida de Frédéric Moreau si no se hubiera beneficiado de la herencia de su difunto

tío? Imagine sus relaciones con los otros personajes, su
entorno y sus posibles objetivos personales. Argumente
su opinión.

PARA IR MÁS ALLÁ

EDICIÓN DE REFERENCIA

- Flaubert, Gustave. 2005. *La educación sentimental*. Traducido y editado por Germán Palacios. Madrid: Cátedra.

ESTUDIOS DE REFERENCIA

- de Beaumarchais, Jean paul y Daniel Couty, dir. 2001. "Éducation sentimentale (l')". *Dictionnaire des Grandes Œuvres de la littérature française*, 395-398. París: Larousse-VUEF.
- Dantzig, Charles. 2005. "Flaubert (Gustave)". Dictionnaire égoïste de la littérature française, 361-367. París: Grasset.
- Cogny, Pierre. 1975. L'Éducation sentimentale de Flaubert. Le monde en creux. París: Larousse, colección *Université*.

EN RESUMENEXPRESS.COM

- Guía de lectura de *Madame Bovary* de Flaubert.
- Guía de lectura de *Salammbó* de Flaubert.

ResumenExpress.com